金沙湖探險記

文／王文華　圖／賴馬
審訂・推薦／中興大學生命科學系副教授吳聲海

前情提要

你不能不知道的可能小學

可能小學，是一所遠近知名，卻常讓人找不到校區的小學。這所學校其實位置不遠，交通也方便，真的，因為它就在動物園站的下一站。動物園站已經是最後一站了，還有下一站嗎？

沒錯！

那一站叫做「可能小學站」。只是遊客們都很急，急著在動物園站下車，沒注意，也不曾想到要去注意，在空盪盪的車廂裡頭，還有幾個孩子笑容滿面，準備去上學。

上學有什麼好開心的？

有呀！

可能小學裡，沒有不可能的事！

「讓小朋友開心上學，快樂回家」，是可能小學唯一的校訓。

別的學校有的課，可能小學通通都有。

可能小學有的課，嗯，其他學校可能聽都沒聽過。

像是超越時空的社會課，秦朝、唐朝、明朝和清朝，小朋友都上得嘰哩呱啦，開心極了。聽說還有小朋友愛上唐朝，立志留在那兒完成「可能小學的歷史任務」，直到今天都還捨不得回來呢！

還有還有，像是戶外教學。

戶外教學每間學校都有，這沒什麼好稀奇，稀奇的是，可能小學可是認認真真的將戶外教學當成一回事，重金禮聘歐雄老師來上課。

歐雄老師，像謎一樣的英雄人物。全球五大洲各有一座最高峰，歐雄老師都爬過了。世界三大洋搭飛機繞一圈是不是要很久？人家歐雄老師可是操縱帆船，一一橫渡。

他來上第一堂課時，駕著滑翔翼，直接落在一群嘴巴張得大大的孩子中間。

他脫下飛行頭盔，拿掉墨鏡，背著陽光走出來……

夠酷了吧！

想上他的課得排隊，二十個名額，可能小學的三百個孩子都想擠進去。選課那天，門才打開，立刻被孩子們秒殺結束。

第一個月，歐雄老師教孩子們攀岩、野外求生，還去迷鹿山上露營。

回來後，據說有兩個學生在山裡遇見一隻會說人話的熊。這隻熊是法師的徒弟，因為犯了錯，被法師施法變成人，從此在人間流浪。

上個月，歐雄老師又教大家潛水和海底通訊，駕著可能五號出海。安全返校後，兩個小孩堅稱自己找到一艘海盜船，還跟海盜去藏寶……

怎麼可能有這種事嘛？

別忘了，這兒是可能小學，什麼事都有可能。

而這會兒，歐雄老師在喊集合了。

他就像頭大熊，高高的，壯壯的站在孩子們面前：「嗯，我們的戶外教學要上哪兒呢？」

底下的孩子已經準備歡呼了，不管他說出什麼地點，用什麼方式……

歐雄老師露出潔白的大板牙：

「晴空萬里，烏雲躲在山谷，我們去玩滑翔翼吧！」

【人物介紹】

超完美

十歲，就讀可能小學四年愛班。爸爸是版畫家，媽媽經營一家花店。她從小喜歡美的事物，週一到週五，排滿各種藝術進修課程，從音樂、美術、舞蹈到攝影。她一直以為，戶外教學就是手持相機，背著畫架去寫生，直到她在藏寶多多島潛水，被缺牙海盜綁架，她才發現戶外教學其實很刺激呢！

高有用

十歲半，巴巴厚族，目前就讀可能小學四年仁班。爸爸、媽媽是動物園管理員，家裡冰箱最常見的，不是水果，而是獅子和老虎的便便。高有用的體育特別好，是可能小學鐵人三項紀錄保持人（那項比賽只有他一個人報名）。聽說學校有戶外教學課，他排除萬難參加。在任務中，光頭的海盜王看上他，想要把他收為義子，而這回……

歐雄老師

平頭、身材壯碩的歐雄老師，是可能小學戶外教學課的老師。戶外教學要上什麼？嗯，歐雄老師有一系列計畫，從登山、潛水到飛行傘。光看長相，你會以為他今年二十五歲；但是看他背影時，常常有人把他誤認為一頭歷盡滄桑的黑熊。

歐雄老師住哪裡？畢業自哪個學校？他結婚了嗎？直到今天，可能小學的人事室裡，還是找不到他的任何資料。

曾愁

金沙湖的男人，五十歲，平時在金沙溪裡淘砂金。曾愁人如其名，臉上有副八字眉，沒人見他笑過，金沙湖的男人像是湖裡的石頭，金沙湖的女人，是湖面上的金光，他恨這種男女不平等，在一次機會裡，花馬貨郎幫的老刀鼓勵他，男人想要出頭天，就要爭取自己的權益，曾愁決定，反抗這種不合理的制度到底。

十八王公主

金沙女王之女，據說她的父親是個像熊一樣的男人，所以她當然也長得像頭熊。十八王公主力大無比，她隨手丟出的石頭，時速都能超過一百六十公里，達到美國大聯盟頂級投手的水準。她覺得高有用還不錯，因此用鹽巴捏了一顆心，想把高有用娶回家服侍她。

十七代金沙女王

優雅的金沙女王，三十六歲，走起路來就像一陣清風拂過金沙湖面。

十幾年前，有個名叫大熊，長得也像熊的男人來到金沙湖，女王愛上了

他，為他生下一個女孩。大熊後來被視為不祥的男人，被逐出金沙湖，金沙女王也因此終身不再嫁人，一輩子癡心等待大熊歸來。

老刀

花馬貨郎幫幫主，「揪團」賣貨，行走四方。老刀個性陰沉，搶得到的絕不用偷的；偷得到的絕不用騙的；騙得到的絕不用買的。因此，老刀的貨物十之八九來路不明，卻是當時散居山谷的人家，必需的物品。他在金沙湖邊，急於打聽一條盛產金砂的小溪，籌劃一場大陰謀，勾結了曾愁，鬧出一場紛爭。

一 鼻屎岩？

深藍的太空，人造衛星繞著水藍星球打轉，星際望遠鏡無聲的轉動。

鏡頭裡，在海洋與陸地交接處，兩條青色小溪夾著低矮的山脈，山脈像是巨龍盤旋。

鏡頭拉近，來到山脈前端，那是龍頭。龍頭後方巨木是龍角，渾圓黑色的巨岩看來就像龍鼻。

只是龍鼻上，怎麼多了一小塊移動的物體？

難道——是巨龍流鼻涕？

電腦快速計算，透過太陽能板傳出訊號，直達星球彼端的國家運算中心。

幾十位科學家，幾百個工作人員，幾千台電腦連線，登的一聲，每一台電腦螢幕，同時呈現：一個粗壯的男人，像熊一樣打著哈欠，手裡抓著又甜又膩的巧克力，哦，他的嘴上還殘留巧克力屑。

啪啪啪——運算中心響起一片掌聲，他們完成最新的測試。

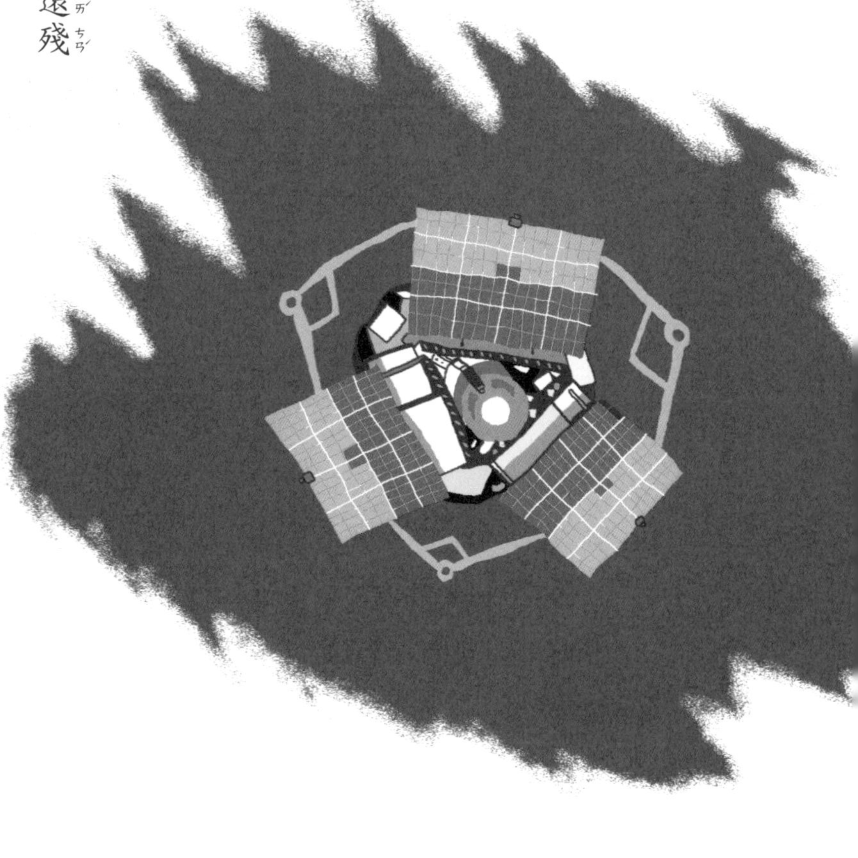

啊～～螢幕上的男人打完哈欠，順手彈出一小塊眼屎，對著身後一長排孩子喊：「風還沒來，再等一等吧！」

他的嘴裡塞滿巧克力，沒人聽得清楚他的話。排在最前面的孩子，以為該出發了，他們拉著滑翔翼，從龍鼻崖一躍而下。

沒有熱氣流，滑翔翼嗖的往下掉。半空中，一隻巨掌拉住那張傘，是那個粗壯的男人。他粗聲粗氣的說：「沒有風，就會這樣掉下去，掉下去會死翹翹，

知不知道？」

他，是可能小學戶外教學課的老師——歐雄老師。

為了這回飛行課，可能小學搭出十八層樓高的起飛台，台下火爐產生熱氣流，學校的廚師也把握機會，在火爐邊烤披薩、麵包和烤鴨。

那些日子，孩子們練習完就有美食吃，大家都高興，只有超完美自始自終苦著臉。

超完美有嚴重的懼高症，起飛台一樓的電梯門才關上，她的腿就不由自主的抖呀抖；電梯門準備打開，她立即發出尖叫。

「不要！人家不要～」

高有用瞄了她一眼，冷冷的說：「超．完．美，電梯還在一樓啦！」

電梯終於到了十八樓，她手拉門，腳抵地，不肯出去。電梯無奈的闔上，無奈的回到一樓，而她，從沒踏上第十八層樓過。

這一切，都要怪歐雄老師。歐雄老師硬把高有用和超完美配在同組。從沒練習過的同伴，實地起飛還得互相配合。

「世界上怎麼會有這種事？」高有用想。

這種事，也只有在可能小學才會發生吧？

「傻瓜才會往下跳！」來到龍鼻崖，超完美還在抱怨：

「我寧願去畫一張素描。」

「我們會平安回來的，」高有用安慰她：「學校的滑翔翼很安全啦。」

他說的沒錯，可能小學的滑翔翼採用超輕鈦合金骨架，上面張著最新科技「強力釩蛛蛛絲布」，不怕雨淋風吹，微電腦控制自動收合，強力的釩蛛蛛絲布十頭犀牛也扯不破。

這麼厲害的滑翔翼共有三道防護。如果第一道傘故障了，還有副傘，副傘壞了，還有附傘。

「那……如果連附傘也壞了？」小朋友問。

歐雄老師微笑著拉出一把……

「雨傘！」小朋友大叫。

「別擔心，三道傘都壞掉時，你也回到地面了，那時，你擔心的是太陽曬、大雨淋，這把傘就派上用場啦！」

歐雄老師炯炯有神的望著前方。這裡看得到海，卻聽不到浪潮的聲音。

好不容易，一絲極細小的微風，終於吹過歐雄老師的臉。

「**出發！**」他吼著。

「不要～」超完美音量加大。

高有用擔心的看看她：「別怕……我們會安全回來的啦。」其實，他也很不安。

「不要啦～」

超完美淒慘的叫聲，在山裡迴盪。

「升空啦～」黑熊老師在他們背後吼著。

「我不要～」超完美想脫下裝備。

高有用正想說什麼時，強勁的海風吹過，他們被風一帶，腳登時騰空，飛上了藍天。

「啊～」

尖叫聲快把高有用的耳膜震破了。他這時才想到，剛才只顧著抓超完美，怎麼忘了在耳裡塞棉花？

二 牛頓贏了

超完美哇啦哇啦的叫著。

「你再叫也沒用！」高有用吼著：「已經上來了啦！」

「我的懼高症……」

「別睜開眼睛嘛……」

「不是！我是說，我沒有懼高症！」

「你沒有懼高症？」他驚訝的望著一臉幸福的超完美，「練習時……」

「在天空飛的感覺，真的是太棒了，啊～」她不由自主又放聲大叫。

原來，超完美一直以為自己有懼高症，一切的準備、練習都是高有用在做，直到現在，她才發現，她不怕高。

他們從龍鼻崖起飛，飛在山脈上方，一隻老鷹在他們的上空盤旋。

過了溪，沙洲地被闢成農田。農田中間，有幾間小小的工寮駐守，像玩具屋般。

隄防邊是水田，田裡排放一束束的稻草堆，成群的雞鴨在田間覓食，白鷺鷥在另一頭走動。焢窯的小孩，放下木頭和地瓜，笑嘻嘻的跟著他們跑，跑呀跑呀，幾個孩子追累了，停下腳步。

打赤膊的小男生仍在追，追呀追呀，稻田前方是個突起的土埂，男孩的腳被田埂一絆……

「啊～」超完美一聲驚呼。

男孩爬起來，滿臉都是爛泥巴，他愣了一下，這才張開大嘴，露出好白的牙，哇的一聲，哭了。

「別哭喔～」

超完美想安慰他，滑翔翼突然整個往上抬，彷彿有隻無形的巨手想掀翻他們。

高有用急忙把重心挪前，傘向上的角度小了些，那是一股熱對流，來得又急又快，持續帶他們往上升。

飛得高了，回看他們來的地方，藍色的大海，綠色的巨龍山脈，而一個巨大的圓形凹洞，就像龍眼。

滑翔翼實現許多人想在天空翱翔的夢想／天下資料

翱翔天際就靠滑翔翼

自古以來，人類就夢想能在天空翱翔，經過不斷的研究與努力，飛機、火箭都已成功升空，達成人類的夢想，只是想駕駛這些飛行器還有點難度，因此，構造簡單的滑翔翼，已成為人們飛行入門的第一選擇！

最早的滑翔翼出現在一九五一年，由美國人法蘭西斯．羅格婁研究出來的，那時的滑翔翼簡直像個大風箏，十年後，理查米勒以羅格婁的滑翔翼為藍本，用竹子做骨架，張上塑膠布，這才進化成滑翔翼的前身。

今天的滑翔翼，更輕更安全，它採用鋁合金骨架，加上尼龍布或塑膠布的翼面，起飛操作都很容易，一般人就可以扛著它輕鬆起飛。

一般的滑翔翼大約有十公尺長，三、四公尺寬。每一平方公尺的翼面，大概可以載重六公斤。如果翼面太小，無法支持人們的重量，太大又容易被風吹翻，所以，想乘風飛翔，挑個大小適中的滑翔翼，是最重要的事。

起飛前，要選一個迎風的山坡面，架好滑翔翼，檢查完安全裝備，就能提起滑翔翼，迎風奔跑，起飛時要保持翼面水平，大約跑幾步，滑翔翼就能起飛了。

滑翔翼飛行時，必須依靠身體移動來改變滑翔翼的重心，達到控制方向的目的。不過，說起來簡單，想要快樂升空，安全降落，還是要找合格的教練帶你入門，只要勤加練習，細細慢慢體會，相信你也能找到風中飛行的樂趣。

龍眼冒煙，高有用想看仔細點，滑翔翼卻飛進雲裡。

高空的氣溫很低，他們仍然在往上升，呼呼的風聲，怦怦的心跳。

超完美擔憂的問：「我們會不會飛到外太空？」

「別擔心，這裡溫度低，熱氣流很快就會變重，牛頓就會把我們往下拉！」高有用解釋。他的聲音在空中聽起來有點不真實。

「牛？」

「不是牛！是牛頓，牛頓發現地心引力！如果沒有地心引力，我們就會一直飄到外太空。」

但是，什麼時候牛頓會把他們往下拉呢？高有用也不知道。

超完美的護目鏡上，有了一層霧。她用手擦過，但霧氣仍然不肯放過她。在伸手不見五指的霧裡，滑翔翼好像滯留在空中。

霧會黏人嗎？滑翔翼似乎不動了。

直到有什麼東西，砰的一聲，落在傘面上，傘稍稍下沉了些。

「那是什麼？」高有用猜：「冰雹？」

傘面像被掃把刮過，沙沙沙的響。超完美忍不住好奇，她抬頭，和一隻老鷹面對面。

老鷹把傘面當成休息的岩石，羽毛在風中飄動，超完美連忙掏出相機，對焦，然後，她咦了一聲。

「那是……」鏡頭拉近，老鷹掛了一條項鍊，「那是石片？」和迷鹿山巫師的石片一樣，長長薄薄，上面還有幾個記號。

是誰把石片掛在老鷹頸子上？

石片上的繩子一拉即斷。

她拿著石片，正想看清楚時，滑翔翼卻像飛累了，一點、一點向下傾。速度漸漸加快。

高有用覺得不對勁，他只來得及喊一聲「抓緊！」瞬間，牛頓贏了。

傘衝出濃霧，地面回到腳下，超完美的護目鏡掉了下去，風強勁的刮擦她的臉龐，淚水不斷由眼角往外飛去，她嘴裡哇啦哇啦的叫著，巨龍旁的坑洞愈來愈大。

坑愈來愈近，空氣很臭，那是個垃圾坑。

歐雄老師簡介過這裡的地形。

「這個坑原本是個湖，以前這兒也有個部落，後來有人在這裡找到金砂，這個消息像個超強磁鐵，吸引了無數的淘金客來，從最早的徒手採砂金，然後用怪手，用炸藥，破壞了溪流，最後湖乾了，山挖空了，這裡就成了垃圾坑。」

從此，金沙湖就成了龍眼乾。

龍眼乾更近了，地表看得很清楚。

底下的垃圾坑愈來愈大，有的地方正在燃燒，冒出濃濃有毒的煙，坑洞邊的樹林稀疏，存活下來的也都是奄奄一息。

他們就這樣直直的衝向龍眼乾。

超完美抓著石片，忍不住大叫：「啊～我不要掉進垃圾坑！」

老鷹的滑行狀態，與滑翔翼的飛行原理相似／天下資料

老鷹不老，盤旋滯空能力高

小朋友愛玩老鷹抓小雞，不過，不是天上飛的猛禽都叫做老鷹，我們一般通稱的老鷹，其實正確的名字應該叫做黑鳶。

黑鳶，身穿暗棕色的大衣，牠最好辨認的特徵就是像魚尾狀的尾巴，所以，如果你看見天空有種很像老鷹的大鳥在盤旋，尾巴又像魚尾，那大概就是黑鳶。

黑鳶在天空盤旋時，不拍動翅膀，牠們利用冷熱空氣交換所形成的氣體來支持身體，讓身體保持平衡的滑行狀態，是不是很像滑翔翼的飛行原理？

想看黑鳶，基隆港是牠們最常出現的地點，因為牠們喜歡撿食水面上的死魚或內臟，但是也因為這樣而吃進許多船舶流出來的浮油，雖然老鷹抓小雞的遊戲很有趣，但是其實老鷹大多以腐肉或殘餚為食，很少抓比老鼠還大的動物。

除了黑鳶，台灣每年還有幾個時間點，是觀察過境鷹類的好時機。

彰化縣八卦山附近有絕佳的視野，在每年三月春分前後，會有成千上萬的灰面鵟鷹過境，早上看鷹群起飛、捕食，傍晚看鷹群降落，壯觀的畫面，值得一看。四月，赤腹鷹也要北返了，牠們的數量絲毫不遜於灰面鵟鷹。

秋天的時候，墾丁是來台過冬候鳥的休息處之一，看鷹群結集南飛出海的畫面，上千隻的鷹群組成一條鷹河，甚至像是滿天飛翔的鷹海，都會讓人留下難忘的畫面。

三　掉進金沙湖

「不要，不要，不要掉進垃圾堆！人家今天穿的是新衣服耶！」她一路哇啦哇啦，嘰哩呱啦的祈禱、默唸和大叫。

降落的速度愈來愈快，風壓、重力加上恐懼，她只好緊閉雙眼，等待砰的一聲。

時間過了多久？一分鐘？十分鐘？

沒有砰，只是「嗖」的一聲！他們的身體快速沉入水裡。

是水？

難道是垃圾坑的臭水？超完美急忙浮出水面，她不想讓髒水跑進嘴裡。

怪．怪．的．是──

她睜開眼睛，沒有垃圾，沒有異味，湖上有層黃色的霧，空氣清新，帶著香氣，而且是很熟悉的味道。是什麼味道，她一時也說不出來。

潑啦～高有用跟著鑽出水面，大口吸氣，迷惑的看著眼前的一切。

「我們……好像……又來到……」她慌亂的想講「過去」，滑翔翼呢？緊握在她手裡的石片也不見了。

高有用朝她比個「噓」。

湖上霧茫茫一片，看不到湖的輪廓。霧氣很溼，像是極細極細的雨般，悄悄穿透人心。湖水啪啦，輕緩的響著；嘰呤呤的鳥鳴來自遠方，青蛙大概剛才被他們嚇到了，短暫的停了一下後，又視若無人的繼續高歌。穿透霧影而來的，竟然是幾隻水鹿。

但是，還有什麼？

一陣清亮的歌聲，驀然由四面八方傳來。

月光這樣溫暖
湖水這麼清柔
讓我再牽一次你的手
光陰匆匆霧色悠悠
金沙湖呀！請你停留
……

他們游向歌聲。腳踩到水底時，岸近了。岸邊種滿野薑花、月桃，香氣來自那兒，清雅的花香，讓人精神一振，原來是野薑花，難怪味道那麼熟悉。

除了野薑花，這兒的水生植物種類真多，迎風搖曳，幾隻鳥見他們來了，急忙從草叢裡振翅疾飛。

岸邊，站了好多人，都是女人。她們披著長髮，穿著素雅的白衫，身上配戴銀製飾物——銀項鍊、銀手鐲，還有滿頭銀色的髮飾。

幾個女孩笑吟吟的下水，伸手牽著超完美。

「這……這是天堂嗎？」她驚喜的問。

「這裡叫做金沙湖，也有人把它稱為龍眼湖。」

「金沙湖？」她不解，回頭想找高有用。高有用卻被一個高高瘦瘦的女人拎著，把他帶到另一旁。

「高有用……」她想叫，女孩不給她機會，帶她來到湖邊木屋。

木屋前後也種滿了月桃、野薑花。她被換上乾爽的白衫白裙，女孩們朝她前後看一看，很有默契的從身上取下銀飾，一下子就把她打扮成道道地地的金沙湖女孩。

「這……好漂亮！」超完美露出微笑，這麼美的民族服飾，以前只在書上看過。穿在身上，寬鬆的衣服很舒服，髮飾造型優美，看起來簡單，舉手抬足卻十分優雅。

「哈啾！」另一邊的高有用卻很狼狽。

高高瘦瘦的女人領著他，一直走進森林，東拐西拐，來到一條小溪旁，溪水嘩啦啦。

「哈啾！」他又打了個噴嚏。

「這……這裡是……她是……」他撥開溼淋淋的頭髮問，「我能換件衣服嗎？」

女人退開三步，用手遮住鼻子：

「外地人，莫開口，有事沒事觸霉頭。」

「什麼觸霉頭？」高有用問，女人卻像見了什麼衰神一樣，急呼呼的走了。

「喂……」他叫。

「她是官大娘，專管男人又怕男人，她不會理你的。」

幾個男人站在溪水上，拿著像是籮筐的東西在溪裡舀呀舀的。

一個瘦瘦的男人問他：「小兄弟，我是曾愁，怎麼稱呼你？」

「我叫高有用，我的同伴呢？」他忍不住，又打了個噴嚏。「和我一樣年紀的女孩。」

「女孩沒事的啦！金沙湖的女人像花，女人最大；男人就像這些草，沒人理的。」曾愁憤憤不平的遞給他一個籮筐：「來吧！我們是草，草就該工作。」

他用籮筐舀起一點溪裡的泥砂，把溪水瀝乾，然後在籮筐裡翻翻揀揀。

可是籮筐裡只有砂石呀！

高有用拿著籮筐，滿是疑惑：「你們在找什麼呀？」

「砂金。」曾愁說，「仔細揀，砂金很小很容易漏掉，但是只要細心，也沒那麼難，金沙溪裡有很多砂金！」

「這條溪裡有金子？」高有用高興的問：「那，怎麼都是男人在工作，女人呢？」

水生植物有許多優點／天下資料

水生植物好處多多

挖個小水池，種上一點植物，沒多久，就會引來飛鳥和青蛙，每到黃昏，池邊蟲聲唧唧，好像把大自然的交響樂團請回家。

水生植物有許多優點，像是：

一、**調節氣候**：水生植物能降低局部氣溫與局部反光的功能，改善當地的微氣候，讓氣候更宜人。

二、**提供養分**：水生植物提供人類或草食性魚類、昆蟲食用；植物的落葉或死亡的植株，也都是水棲小動物的食物或棲所。

三、**庇護場所**：大部分的水生植物具有葉綠素，可行光合作用吸收二氧化碳並釋放出氧氣，供水中的魚類呼吸，枝葉可作為魚類及其他水棲動物如水鳥庇護的場所。

四、**多元利用**：水生植物還可做為插花材料，如水燭、風車草。浮水性植物可作為人工飼料，例如布袋蓮是餵養鴨、豬等家畜的飼料，其他諸如荷花、菱角等植物更已成農產品，紅樹林還能護岸防風。

五、**防治污染**：部分水生植物，如布袋蓮、水燭，具有吸收污染源的效果，工業區設置適當面積的溼地作為淨化池，可以透過水生植物吸收及分解污染物質，達到淨化水質的效果。

六：**綠化美化**：水生植物減少水面反光，增添水中景色。許多特殊的水生植物早為人工種植，做為庭園觀賞之用，例如睡蓮、野慈姑、風車草、荷花、水燭等植物。

四　沉魚落雁公主

雙腳泡在水裡，重複不斷舀水、瀝砂和翻揀，高有用做得頭昏眼花。

溪裡有條大魚，魚不怕人，還在他的腳邊鑽來竄去。

「魚，快抓魚。」高有用拿竹篩朝水裡一撈。

一條比巴掌還要大的黃色大魚就在竹篩裡潑啦直響。

曾愁按住他的手：「這魚不能吃，快放了牠。」

「魚不能吃？為什麼？」

一個黑影，遮住了高有用頭頂大半的天空：「金沙湖的魚，是湖神的女兒，身上有毒，你想吃嗎？」

他抬頭，又是官大娘。

「公主起床了，你跟我去服侍她吧！」

「公主？」

高有用腰痠腿麻，能離開水裡，他好興奮，就算和不太愛理人的官大娘走在一起，他也很興奮。

「公主，公主美嗎？」他在電視劇裡看過不少公主，什麼沉魚落雁，什麼閉月羞花。

「你們的公主是不是整天待在家裡？」

「她會畫畫嗎？」

他問了幾十個問題，官大娘偶爾才回一句：「外地人，大凶大凶，不說不說。」

他們來到湖邊，湖邊有棵大樹，樹幹粗壯，七、八個人手拉著手都無法合抱，高大聳直，簡直就像電影「龍貓」裡那棵大楠木。

大樹下有一棟寬大的木屋，官大娘說是主屋。進了主屋，公主房間在另一頭。

「公主，人來了。」

公主長什麼樣？像電視裡那麼漂亮嗎？高有用滿懷希望的抬頭。

「我的媽呀！」

他大叫一聲，人跟著倒退三步，又退了三步，又退了三大步，碰到了牆壁，這才停住。

在他面前有隻毛茸茸的大腳，一個長得像豬，不不不，豬太肥，應該說是像熊的女生，如果不是她留著長頭髮，看起來簡直像個男人。

魚真的會沉，大雁真的會落，沒錯，是被嚇暈的。

「公……公……？」

「什麼公公？我是十八王公主！」

「十……十八王公？十八王公不是一間廟嗎？」高有用忍不住想笑。

公主正經八百的說：「不是十八

王公，是十八王公主，以後是十八王。」

「十八王？」

「對，我媽是十七王公主，也就是第十七代金沙女王，金沙湖女傳女，我當然是十八王公主啦。」她說得興高采烈，「好啦，恭喜你成為我今天的貼身奴才，快快快，先去提水讓我洗臉，等一下我再看要讓你做什麼。」

高有用還能說什麼呢？他只好哀怨的到湖邊提水。

「叫我提水？這是什麼世界？」他快手快腳把水提進屋子，只想快點擺脫這種屈辱。

「好了！」他拍拍手。「這桶水是可能小學鐵人三項冠軍幫你提的，你滿意了吧？」

「嗯，是慢了一點，好吧，看你粗手粗腳的，先把那個大水缸裝滿再說吧！」

公主隨手一指，主屋角落，有個比高有用還高的大水缸，要把水裝滿，至少……至少也要三、四十桶水！

「這……這……」

「你不是什麼鐵人什麼三樣嗎？快去嘛～」公主竟然朝他眨了眨眼睛，

是在跟他撒嬌嗎？

大水缸再大，也有裝滿的時候，水一裝滿，公主要他去劈柴。他劈柴，公主陪他，好不容易把柴劈好，公主還要他拿抹布擦地板。

高有用滿頭大汗，十八王公主卻像衛生股長一樣：「這裡也髒，那裡也髒。」她伸指點了他的胸：「你到底會不會擦呀？」

高有用沒好氣的說：「不會，在我家，都是我媽做家事。」

「你媽媽做家事？這怎麼可以？那煮飯呢？掃地呢？」

公主怒氣沖沖的樣子，簡直就像頭狂怒的熊。高有用退了一步：「當然，當然也都是我媽媽……」

「天哪！造反了，官大娘，官大娘，把他……把他爸爸給抓起來……」她大聲咆哮。

「我媽工作有什麼不對嗎？」

「女人是天，男人是地，女人是世界，男人只是一顆砂，提水煮飯的小事，怎麼讓女人做？」

「可是，我爸爸要上班呀，而且……而且他有時候也會幫忙洗碗。」他囁囁嚅嚅的說。

「不管不管，男人連生孩子都不會，娘，娘，快派人把他爸爸抓起來！」

高有用很慌，跟在她後頭解釋：他爸爸是公司的小職員，每天累得像狗一樣，媽媽是家庭主婦，負責做家事，這叫做男女分工，男主外女主內，而且他爸爸，對了，「我爸爸根本不在這裡呀。」他停下腳步，安心的說。

「畏罪潛逃，罪加一等，你等一下，我去叫我娘。」她大踏步走了。

高有用待在主屋裡，退也不是，不退也不是。主屋很高大，窗戶全往外推開，屋前屋後種滿了花，屋裡很香，他像個傻瓜，愣愣的，不知道現在該怎麼辦？

「娘，你一定要做主，把他爸爸抓起來。」

是十八王公主的聲音。如果十八王公主像台灣黑熊的話，那她的媽媽，豈不是像美洲大棕熊？

一想到那麼可怕的女人，高有用嚇得想逃，但是，一陣咚咚咚的腳步聲在他面前停住。

「新來的，你叫什麼名字，我娘等著問你耶！」公主拍著他的肩，每一下都像被椰頭敲到一樣痛。

「我……」他痛得大叫。

抬起頭，他面前沒有美洲大棕熊，沒有台灣黑熊。

屋前花香撲鼻，屋後樹影搖曳，一位優雅的中年婦人笑吟吟的望著他。

「你……你是女王？」他壯起膽子問。

女王笑，很美的笑：「沒見過的小兄弟，你要到哪兒去？怎麼會來金沙湖？」

「我的同伴不見了，我卻遇到十八王公。」

「是十八王公主。」公主在她媽媽背後扮鬼臉，「娘，他爸爸是壞人，讓女人做家事。」

女王笑著說：「孩子，外面世界和金沙湖不一樣，我們這裡是重女不輕男，外頭，外頭說不定恰好相反。」

「對嘛對嘛，還是女王有見識，我們那裡男女平等，大家都一樣。」高有用說。

「男女平等？你在騙湖神嗎？哪有這種事！」十八王公主大叫。

歷史上曾有一段女性當家的時期，婦女們擔當編織、製陶、養育等責任／達志影像提供

重女不輕男，媽媽真偉大

《西遊記》裡有段故事，唐僧師徒取經時，經過西涼女國的故事。那個國家沒有男人，只有女人，想生小孩的話，到湖邊喝水就能懷孕。

有這樣的國家嗎？

西遊記改編自唐朝玄奘法師所寫的《大唐西域記》，書裡記載玄奘法師去印度取經的所見所聞，他曾寫到一個在大雪山中的東女國，女王當家，男人只管打仗和耕種，其他事全交由女人管理。

根據考證，在歷史上，也曾有一段女性當家的時期，稱做母系社會。

在母系社會裡，子女與母親共同生活。男人擔任狩獵、捕魚和防禦野獸的任務，當男人出外捕抓獵物時，婦女則負責採集食物，像果實、根莖等，她們也要烹煮食物，為大家縫製衣服，養育下一代。

婦女採集野外的果物，她們的收穫比漁獵更穩定，在長期的採集活動中，她們知道植物生長、成熟的祕密，經過反覆不斷的採集中，對植物有了更深的認識，終於發現了農業。

農業時代，人類不必擔心獵物來源，也有多餘的食物餵養動物，並因此馴養馬、牛、羊、雞、豬等牲畜，而製陶、編織等工作，主要也是由婦女擔任。

婦女因為農業、畜牧的工作提升地位。當時的婦女，還要管理住所、保護火種，養育子女，這些活動既穩定又重要，奠定了婦女在母系社會中的基礎。

女人當家作主，就是那時的寫照，或許這就是女兒國的最原始版吧！

五 像熊般的男人

一隻鉛色水鶇在霧氣沾溼的石頭上蹦跳。

「男人手笨腳粗，不會做陶。」名叫溫柔的女孩，正在教超完美。

那時，她們在製陶的棚子裡，用湖裡挖出的黑土做陶。

「女人懂陶，用情揉陶。」溫柔把土搓成長條，一圈圈盤起來，再用木棍輕輕拍敲，利用土的微震，讓壺壁自然渾圓。這是土條成形法，超完美在學校學過。不同的是，學校裡有轉盤，操作簡單，成品也沒這麼大。

她很快就掌握技巧，陶壺放在矮凳上，身隨壺轉，拍拍敲敲。拍敲間，自然出現一種節奏感。高有用在主屋拖地時，她已經做好一個甕，還用泥條貼出幾株野薑花，花瓣嬌柔，葉片挺直，看起來清新自然。

「美不美？」超完美問。

溫柔笑了：「你的手真巧！」

她們手牽手，在微風中走到湖邊。

高有用也在湖邊，十八王公主正在「陪」他工作。

他可憐兮兮的用削尖的木棍挖土。

「用鏟子不是比較快？」

「專心挖，」公主嘲笑他：

「金沙湖的青蛙都挖得比你快。」

挖好坑，還要在坑裡鋪乾草。女孩們將陰乾後的陶坯疊起來，上頭覆蓋細枝和枯草，坑邊則放滿木柴。

官大娘手執竹杯，突然瞪著高有用。

「男人不退開，火神不會來！」

高有用只好往後退，退了一步又一步，退到看不見坑了，她才滿意，專心對著土坑唸唸有詞，意思大概是希望火神降臨，祈禱今天燒的陶能完滿如意，燒窯時，村子裡的人都能平平安安。

她一唸完，四周的人同時將火點燃。

一時，火光衝天，映紅每個人的臉，熱氣蒸騰，逼得大家退了幾步。

「你們這種燒陶法好麻煩喔！」超完美記得可能小學有電窯，很簡單。

女王看看她：「金沙湖獻出黑土，黑土忍受大火，它們犧牲自己不叫

苦，我們怎麼能嫌麻煩？」

十八王公主還補了一句：「如果沒有我爹大熊，我們還不懂得製陶呢！」

「大熊？」聽到熊，超完美不禁提高注意力了。

女王搖頭輕輕嘆了口氣，拉著十八王公主沿湖走去，那些女孩全跟在她們後頭吟唱，歌聲輕柔，彷彿白雲般。

公主一手拉著高有用：

「跟我走，讓我娘講我爹的事給你聽。」她的手勁真大，高有用差點兒要飆出淚來。

「你爹？」超完美一肚子疑問：「真的是一隻熊嗎？」

「不是熊，他是人，但是卻長得像隻熊，身高至少有那棵樹那麼高！」溫柔補充。

高有用終於掙脫公主的「熊掌」，退到超完美旁邊。

「像熊的男人？」他和超完美互相看了一眼，心裡想的都是熊徒弟。

「大概在十多年前，那個像熊的男人來到金沙湖，當時的十六代女王接見他，還指派十七王公主陪他，說是外來的客人，不能怠慢。他教公主製陶、燒陶，沒多久，公主就愛上他。其實不光是公主喜歡他，」溫柔說，「他的力氣很大，金沙湖第一個野燒坑，就是他挖的。他一來，金沙湖的男人全被比下去啦，聽說當時全金沙湖的女人都想把他留下來。」

「那……那個男人呢？」

「走了，那年鬧旱災，金沙湖的水枯了，族裡的人說是他觸怒了天神，其實我知道，是其他男人嫉妒心作祟，他們知道公主愛他，所以合力想趕走他。」

「結果？」

「他要走的前一天，還在金沙湖四周找石頭，他說只要找到那塊石頭，金沙湖就有救了！」

「那他找到了？」

「沒有。他走了之後，月亮又圓了九次，十七王公主就生下了十八王公主。」

「原來是這樣。」他們倆心裡想的都是同一件事：「不是石頭，是石片，熊徒弟來過金沙湖，沒找到石片，卻遇到十七代女王，生下十八王公主。」

「金沙湖的女孩，一輩子可以和不同的男人結婚。大家勸女王再找個老公，但是女王不肯。」

溫柔的聲音，飄飄緲緲，走在薄霧裡，彷彿就像走在古老的傳說裡。

走在前頭的人一轉彎，身子沒入霧中。

湖水清澈，一隻蜻蜓飛在湖面，抓起一片花瓣，花瓣很重，蜻蜓飛得很吃力，

但是，牠還是把花瓣帶上岸。

「你們這裡的蜻蜓好奇怪，又不吃花瓣，幹麼抓花瓣？」超完美問。

「女王說，這兒的動物也愛這片湖呀。還有蝴蝶、蜘蛛，牠們都一樣，見不得湖髒。」

超完美很驚奇：「哇！真該帶幾隻蜻蜓回去，當我們班男生的榜樣，免得他們不愛乾淨，又亂丟紙屑。」

在野外用燜燒的方式製作野燒陶／聯合知識庫提供

野燒陶的製法

人類發現火，知道火可以燒烤食物，讓食物變得更香更好吃。古人或許也曾在某次燒烤後發現，黏土不怕火，經火燒後變得更為堅硬（就像焢窯後的土塊變紅變硬一樣），啟發古人用黏土做成容器放在火上烤硬的方法。

考古學家在很多地方都發現，原始人類都曾採用燜燒的方法來製陶。現代的陶藝家，有時為了追求質樸的美感，偶爾也會使用野燒陶的方法，而金沙湖的人製陶，也是用野燒的方式來製陶。

野燒陶並不難，步驟如下：

一、先在地上挖一條長坑，要比你要燒的陶器更深一些，底下用稻殼、木材與地面隔絕，野燒陶就像在堆積木一樣，一層一層往上鋪，粗木頭放置在底部，再把較細的木頭橫向，與第一層的方向垂直，作為第二層，這樣鋪上幾層，留下空隙，讓溫度順利從內向外擴散。

二、把製作好，充分乾燥的生坯（待燒的陶器）放入，上面再鋪上厚厚的稻殼或乾草等。

三、點火的時候要平均從四周開始，讓周圍先起火，漸漸往內部燒，才能達到均勻的燜燒效果。在燜燒進行的期間，必須隨時注意溫度的控制，要隨時補充覆蓋的材料，以維持內部的溫度。

四、等到野燒陶溫度完全冷卻後（大概兩三天後），才能取出陶器。

野燒陶，硬度較低，成品卻自有一股質樸的味道，如果有機會，請陶藝老師帶你們實際做一回吧。

六　白鹽代表我的愛

遠方一陣喧鬧的聲音傳來，人影幢幢，看不清楚、聽不清楚，總之，很熱鬧。

「是什麼？」馬戲團？歌仔戲團？超完美和高有用都忍不住伸長脖子。

霧中，走出十多個人，趕著一長列的馬匹，金沙湖這邊，發出一陣歡呼，大家都笑著迎向前去。

來人手持波浪鼓、小喇叭和木魚，吹敲簡單的節奏。他們的動作很快，攤開一張張色彩豔麗的毯子，把貨物陳設開來，才一會兒功夫，就在主屋前，簡單的市集開張了。

這邊有各式各樣的飾品：純白的銀器閃著光芒，造型優美的耳環，吸引女孩們的目光。

那邊像變戲法一樣，出現兩、三個熱食攤：像粽子一樣的點心，幾個烤得熟透的瓜果，樣樣飄散濃馥的香氣。

賣五金的兼補鍋子；販漁獵用品的外帶修理弓箭。還有一對兄弟玩雜耍，哥哥丟三根火把，弟弟拿著棍子玩磁盤。

「花馬貨郎幫是您生活的好鄰居。想要什麼東西，趕快來買，遲了，哎呀呀，金沙湖的大姑娘小姑娘，買不到胭脂水粉和碎花布，別怪我們！」

一個紅臉男人吆喝著。大家都叫他老刀，是這群人的頭領。

高有用摸摸這個，看看那個，什麼都新奇，什麼都有趣，尤其是老刀攤子前，那堆像白色金字塔的可疑物體。

「這是……」

「鹽巴！」老刀說，「只要加點鹽，清水變雞湯，蘿蔔變燉肉。我還有大白米，煮出來的飯香噴噴；今年春天採的茶葉，泡的茶香氣迷人。小兄弟，來一點吧？」

「我……我沒錢。」

「拿你家的獸皮、作物來換，或是，你們這兒亮晶晶的砂金！」

「我……」高有用搖手退後，撞到了人，他回頭，那人身高體胖，竟是十八王公主。

「公主，你要什麼？我送你。」老刀招呼著。

公主不理老刀，她看看高有用，語氣很熱情：「你……你要什麼，我送你！」

「送我？」高有用一陣遲疑。

十八王公主抓起一把白鹽：「三斤豬肉一兩鹽，感情增溫快一點，鹽巴好不好？」

那把鹽巴被她揉揉捏捏，竟然捏成一顆又大又白的「鹽心」。

天哪！拿鹽巴示愛。

「我……我讀四年級，今年才十歲，還不能結婚。」高有用嚇得猛往後退。

「在我們金沙湖不必結婚，只要我喜歡你，你就可以跟我回家。」十八王公主揉著手，很小女兒式的用肩膀朝高有用一碰。

她真的只是輕輕一碰。

但是那一碰，力量驚人，高有用踉踉蹌蹌碰上超完美，超完美撞到溫柔，溫柔碰倒老刀的攤位，白鹽和白米全灑到地上。老刀想找人算帳，十八王公主一瞪，老刀立刻閉嘴，忙著收鹽揀米。

「和氣生財，和氣生財。」老刀唸唸叨叨。

溫柔慎重的拿出一個手染布包，層層疊疊的，打開來頗費一番功夫。素色的染布上，有幾顆發出耀眼金光、像砂子一樣的……

「砂金？」老刀眼睛都快凸出來了，「金沙湖產砂金，小姑娘，去哪兒找到這麼美的砂金？」

「溪裡找的呀，咱們這兒的溪裡有！」

「溪裡就有呀……這太好了。」老刀壓低聲音說：「你帶我去看看那條溪，這些白米和白鹽通通送給你！」

老刀的條件很誘人。

「我得問我娘！」

「不必找你娘了，請你爹來，我去看一下就好。」

「我家是我娘當家作主，想做什麼，找我娘。」溫柔堅持。

「也好，跟你娘說，我只看一眼，我保證，除了記憶，什麼也不帶走。」他拍著胸脯保證，溫柔很猶豫，能帶他去看看嗎？

「不行。」十八王公主逛過來，粗聲粗氣的，「金沙湖的山山水水，都是金沙湖女王的，外地人，不能去。」

「可是我只是去看一眼，讓我看看那條產砂金的溪，我這些銀器都送公主您，再加十塊西洋國來的香皂，讓公主洗澡洗得香噴噴。」

曬鹽／天下資料

「鹽」來如此，談談鹽

鹽的主要成分是氯化鈉，提供人體維持細胞內外體液滲透壓的平衡。在《管子．地數篇》中提到：「惡食無鹽則腫」，人體缺乏鹽分，就會引起頭痛、暈眩噁心、下痢、肌肉痙攣等症狀，情況嚴重時，更可能會引起心臟衰竭而導致死亡。

自古以來，人類就把鹽拿來當

做藥物，近代科學進步，鹽的應用更廣。在外用方面，可療治耳疾、牙痛、瘡傷、蜂蟲咬傷等，又可用鹽水淋浴消除疲勞；在內用方面，可做輕瀉劑、嘔吐劑、治療喉痛或頭痛。醫院裡常見的生理食鹽水，就是在失水過多或大量失血時，透過靜脈注射，補充維持生命的水分與鹽。

人類在狩獵時期，身體需要的鹽分多來自所食用的動物體內的鹽分。農業發達後，人類改以五穀蔬菜為主食，植物體內含鹽甚少，對鹽的需求變高，於是引進海水曬鹽，在內陸鹽池挖鹽，鹽成了一日不可或缺的調味品。

鹽的應用如此之廣，鹽在古人心目中的價值自然就高。但是古時交通不便，製鹽技術落後，鹽的需求遠遠高於供給量，使得鹽價居高不下，也讓許多人販鹽賺取暴利，而從漢代開始，政府抽取鹽稅，成為國家一項重要稅收。

時至今日，交通方便了，採鹽技術進步，鹽成了人人都能輕易購得的商品了，政府不收鹽稅，更沒有私鹽販子的問題了。

七 密謀金砂溪

公主想要香皂，她要老刀自己去找女王。

女王不答應，老刀只好悻悻然的回來賣鹽巴，十八王公主卻追著高有用：「你等一等，到底要不要人家的……鹽巴啦！」

高有用當然不要，他拉著超完美拔腿就跑。

超完美邊跑邊笑：「高有用，你留下來當駙馬爺嘛！」

「不要！」高有用沿著湖邊跑，他想找個地方躲起來，最好讓十八王公主永遠找不到。

超完美提醒他：「對了，我們趕快找石片，找到石片我們就能回家，你也不用怕公主啦！」

「怎麼找？熊徒弟找那麼久，也找不到。」

「找不到石片，我們只好留下來，你當駙馬，我當官大娘。」

「我不要！」高有用瞄到一叢長得特別茂盛的野薑花。他們鑽進花叢，野薑花很香，讓人忍不住想多吸幾口清香的空氣。

湖很安靜，心跳得很快。

藍色的飛鳥，飛過頭頂，高有用想，不知道牠們會不會變成稀有動物？

霧散了，地面一陣微微的震動，一隻熊，不對，是那位長得像熊的公主，喘噓噓的跑過來。

「小用用～小用用～你躲哪裡啦？」

「他在這裡！把他留下來當老公。」超完美心裡至少把這句話唸了一百次，一旁的高有用，閉著雙眼，雙手合掌，口中唸唸有詞，大概在祈禱不要被她發現吧？

超完美拚命摀住嘴巴，才能忍住那股笑意。

幸好，公主咚咚咚的跑過去。

咚咚咚，腳步聲愈來愈遠，再也聽不見，高有用才吁了一口氣。

「可惜了一段好姻緣。」超完美輕聲的取笑他，高有用突然拉拉她的衣袖。

「她又回來了。」他驚恐的說。

且慢，來人腳步聲雜亂，至少好幾個人。

仔細一看，那不是花馬貨郎幫的老刀嗎？

商販們簇擁金沙湖的男人走來。他們的神情緊張，動作鬼祟，看起來不像要做什麼好事，超完美不自覺的往後退，藉著草叢，好讓身體更隱密些，可以偷聽而不被發現。

「我們有人，可以來一千個，一萬個人；我們也有錢，可以買牛來拖、買馬來拉，溪裡的金子還不是從山裡來，你只要點頭說好，把地賣給我們，我們甚至可以用炸藥把山炸開。金子挖出來，對整個部落，對大家都好。」老刀似乎想要勸對方賣地。

「可是金沙湖，是女王做主。」那人遲疑著。

「外頭的世界，早已經天翻地覆，還什麼重女不輕男，曾兄，男人當家做主才對啦！」老刀語氣挺激動的說。

他說的曾兄，赫然是曾愁。

曾愁遲疑著：「這……」

「你帶我們去金砂溪，花馬貨郎幫的眾家兄弟向你保證，幫你推翻女王，讓男人出頭天。」

「可是金沙湖的女人，本來就是咱們這兒的天，推翻女王，湖神會生氣。」曾愁嘴巴上這麼說，臉上卻顯得躍躍欲試，「而且，如果你們找到金砂溪後，翻臉不認人，不肯幫我……」

老刀堆起滿臉的笑意：「曾兄，原來你擔心這個呀！咱們眾家兄弟全在這兒，我們這就去拿傢伙，立刻衝進主屋，把女王趕下台，曾兄你當上大王後，把金沙湖改成漢子湖，那時再帶我們去金砂溪，怎麼樣？」

曾愁似乎心動了。

「對對，女王下台，曾兄稱王！」花馬貨郎幫的人喜滋滋的喊著叫著。

他們像陣霧般，走遠了。

高有用提心吊膽，他還想不出辦法，怎麼躲過十八王公主的糾纏。

「快走吧！」高有用說。

「不，別急，我想到什麼……但是，是什麼？」超完美好像走在迷霧裡，隱約可見陽光，但是，一時間還想不到。

「是石片的下落？還是公主？」高有用擔心公主，眼睛瞄著四周。

「好像不是，但是跟什麼有關？」她看看湖，湖水清澈，陽光破霧而出，湖面金光燦爛。

她雙手一拍：「是金砂溪，花馬貨郎幫找到金砂溪，帶人來開採，金砂溪被破壞了，湖就糟殃了，難怪，這座湖最後變成龍眼乾。」

黃金黃金人人愛

自古以來，黃金，就是財富、權力的象徵，古埃及人很早就懂得利用黃金製作各種首飾，把黃金打成金箔裝飾建築、宮庭用具。

中國人大概在戰國時期開始利用黃金做裝飾品與首飾。黃金也能當成貨幣，秦始皇以黃金製成貨幣，規定流通價格。唐代，大量的黃金用於寺廟建築的裝飾，也有用黃金打造的佛像供人禮佛，而帝王和富貴人家將黃金作為陪葬品，讓黃金的需求量大增。

用黃金做成的金幣和金條／天下資料

歐洲在中世紀時開始鑄造金幣，國際間黃金的交易也開始活躍，當年的西班牙擁有大量的黃金，成為歐洲的黃金交易中心。

到了十九世紀，美國加州發生一股淘金潮，人們在溪裡淘砂金，使用的工具簡便，方法也簡單，不少人因此一夜致富。這股風潮很快的由美國吹向澳洲、加拿大及南非，讓黃金的產量節節上升。

就算是現代，由溪流裡淘洗砂金，依然是很多地區居民的重要經濟活動。世界上，許多巨大的金礦，也有不少是因為淘砂金時被人意外發現，像是台灣的金瓜石——九份金礦，就是有人在基隆河畔淘到砂金，跟著往上游尋找才發現金礦的。

在台灣，從中央山脈流出的河流中，有不少溪流的「含金量」比例不低，像是花蓮立霧溪口，每逢颱風過後，就會引來一批淘金客「逐金淘砂」。

八 守不住的祕密

他們回到主屋時，戰爭早已開始。

高有用把超完美拉上樹，主屋周圍的動靜，都能看得一清二楚。

男人包圍主屋，幾個人被反手綁在湖邊。有個人在大吼大叫，是曾愁，他躲在人群後頭，激動的比手畫腳。

「他們開採黃金，我們都可以過好日子。」曾愁喊著。

「開採之後，溪不溪，湖不湖，」官大娘說：「金沙湖會倒大楣！」

老刀帶著花馬貨郎幫的人衝進主屋，忠心於女王的男人守著大門，官大娘帶著娘子軍躲在門後伺機而動。花馬貨郎幫發動幾次進攻，卻都無功而返。

主屋窗邊，高大的人影一閃而過。

是十八王公主，她丟了什麼東西出來，砰的一聲，砸得老刀額頭血流如注，哇哇怪叫，地上，有個破掉的陶壺。

「哇！時速至少一百五十公里，是大聯盟級的投手了。」高有用讚歎著。

超完美提醒他：「要是那群人攻破主屋，你的駙馬就做不成了，快去英雄救美呀！」

她說的「美」人，這時又拋出一張椅子，落進人群打暈一個光頭佬，貨郎幫怕又有東西丟出來，往後退了幾步。

趁這空檔，官大娘帶人往外衝，紛紛亂亂之間，十八王公主背著女王，從主屋後頭溜出去。

「調虎離山，太強了。」高有用很欣賞。

超完美推他：「看看你的公主要去哪？」

「這……」

高有用遲疑，超完美早已爬下樹，繞過主屋，躡手躡腳進了林子，她回頭，瞪了高有用一眼，高有用只好搖頭苦笑下到地面，救人他願意，但是做駙馬？呃，他可不要。

林子近湖，大概是霧氣的關係，感覺很潮溼，落葉層很厚，走進來沒多久，那些吵雜的聲音就變遠了。地面上有深深的腳印，每個腳印都很大，每一步的距離也都很遠，是十八王公主的。

林子裡的動物站在森林深處，凝神張望她們。那是什麼動物？又像羊又像鹿，可是高有用在動物圖鑑上從沒見過，或許牠們都在不久以後，逃向深山，或滅絕了。

森林愈走愈深，地面溼軟，每一步都很費力，超完美正想抱怨，前面出現一條小溪。迎面，傳來哭聲像熊悲鳴。

「娘～娘呀！」十八王公主抱著女王哭喊。

「怎麼了？」他們跑過去。

女王臉色蒼白，胸前一片殷紅，大概是受了傷。女王看到超完美，朝她勉強一笑。

「不知道你們是誰？」她握著超完美，「但是……就是覺得似曾相識。」

「娘，你別說話，我帶你去找巫師婆婆，求她替你治傷，等你的傷好了，咱們再回來。」

女王擺擺手，「十幾年前，她爹，」她指指公主，「也像你們一樣，從……從外地來。」

超完美和高有用互相看一眼，心裡想的都是同一個人：熊徒弟。

女王咳了一下，從懷裡拿出一個小布包：「他想找……這個，我不給他，本來以為藏起來，他就不會走了，沒想到，他還是不告而別。」

女王說得很激動：「我等他多年，他再也沒回來。」

「金砂溪的祕密守不住了，外地人會蜂湧而來，金沙湖再也沒有往日的寧靜，」她把布包交給十八王公主，「女兒，把這個好好收著，找你爹去，把這個給他。」

十八王公主把小布包用力扔進草叢：「我不要找他，我只要娘！」

超完美細心，替公主把小布包撿了回來。

小布包散開了，一塊長方形的石片安安靜靜躺著。

石片上刻了幾個像花又像雲的圖案：「這……這是另一塊石片。」超完美抬頭，風拂過她的臉龐，她大概明白了：熊徒弟到這兒來找石片，女王卻愛上他。女王怕熊徒弟找到石片一走了之，於是把石片藏起來，沒想到，熊徒弟還是走了。

她很想拿起石片就走，可就在這時，林子四周，悄然的站了一大圈人，都是男人。

九 大霧小霧聽我令

「女王退位不抵抗，黃金開採有希望！」花馬貨郎幫的人高聲叫喊，卻不進攻，老刀抬頭望望天空，似乎在等著什麼。

等什麼呢？

樹林裡剎時安靜，靜得只剩風聲，眾人目光全集中在女王身上。

「女王受傷了？」

「傷勢重不重？」金沙湖的男人議論紛紛。

女王臉色慘白，擺擺手，低聲朝公主說了些什麼。

「我娘說，這湖是祖先留下來的，外人不得破壞。」公主的聲音在林裡嗡嗡作響。

「時代不一樣了，黃金採出來，大家的日子才好過，」老刀笑著說：「再說曾愁也不是外人，從現在起，他是這兒的王了，對不對呀？」

「對對對，金沙湖喜洋洋，今天要換金沙王。」人群爆出一陣歡呼。

「誰？誰當王？」公主問。

「我！」曾愁得意的下令：「把她們抓起來。」

「誰敢？」十八王公主威風凜凜，擋在女王前面，幾個人衝過來，她蹲低、雙手使勁推出，那些人就像撞上一堵牆，一個疊一個，朝後跌了個四腳朝天。

對方攻勢暫時受挫，但是他們人多，超完美急著問高有用怎麼辦？高有用比個「溜」的手勢：「他們又不是要抓我們。」

超完美搖搖頭：「那太沒義氣了！」她看看四周，急著想辦法。整個空地都被

圍住，除非有直升機把她們吊起來，或是神仙教母現身來施魔法。

「魔法？」她驚喜的舉著手裡的石片大叫：「魔法！用魔法！」

「別傻了，熊徒弟不在這裡。」高有用不忍心潑她冷水，他倒是有個主意，趁亂爬到樹上，這裡的樹生得密，爬上一棵樹就可以盪到另一棵樹。但是如果要帶著受傷的女王，他也沒辦法。

「當泰山，我們都沒辦法。」超完美說：「我還記得熊徒弟的咒語呀。」

她滿懷希望，摩搓著石片，唸著：

隨風而來

因雷而降

大雨大雨一直下！

……

她唸了好幾遍，十八王公主擋掉好幾波的攻勢，最後一次還把老刀的刀搶了過來。

天空，陰陰的，卻連一滴雨也沒下。

「怎麼回事嘛？」超完美看看石片，長方形石片，除了記號不同，材質、樣式都一樣。

「是霧，他曾說過，那是霧，」女王指著石片上的記號，唸起了咒語——

漫天大霧湖中起
浪消風平霧裡行
大霧小霧聽我令

一陣冰涼直達超完美的掌心。

「這真的是咒語嗎？」她想問，大霧悄悄的來了。

沒有聲音，速度很快，一眨眼的時間，濃濃的霧就把一切都蓋住了。

「別讓他們逃了。」

霧中，有誰在講話。

官大娘帶人跑過他們身邊，看來像是掙脫了束縛。

「快縮小包圍圈，哎呀，是誰推我？」

腳步聲很凌亂。

「退出林子，這些娘子軍太厲害了。」

是老刀的聲音。

濃霧裡，偶爾有人衝到超完美面前，偶爾有人從她身後跑過，老刀他們好像被打敗了，超完美緊握著石片在霧裡行走。

她不敢亂叫，誰知道會不會有把刀伸過來？她害怕緊張，直到被人一把抓住。

她想也沒想，張嘴就咬。

「哎呀！」那人大叫，是高有用。

「公主呢？女王呢？」超完美問。

「你小聲一點，跟緊，別再咬我了。」

霧氣好像能吸音，他們走沒幾步，吵雜的聲音小了，人好像也不見了。他們在濃霧中走走停停，既然伸手不見五指，跨出去的每一步都要當心。

走著走著，霧裡有香氣，是野薑花的味道。

花香愈來愈濃郁，他們好像又走回了湖邊。湖邊的水淹起來了嗎？他們的腳一踩下去，又溼又泥濘。

「公主？公主你們在哪兒？」超完美壓低了音量問。

霧散了一點，他們勉強可以看見一點東西，矇矓中，霧裡有個龐大的身影，像熊一般。

「公主，公主，你娘呢？」超完美快步向前，拉著公主問。

公主猛的回頭，一臉沒睡醒的樣子。

但是，等等，那人濃眉大眼，滿臉鬍渣，公主怎麼剃成大平頭？不不不，他不是公主，他是——歐雄老師。

黃金高貴，開採代價也很貴

大家都愛黃金，因為它光彩奪目，價格非凡，在強大的誘惑下，人類和自然環境卻為黃金付出極高的代價。

古人在溪流裡淘金，現代的跨國礦業公司為了效率，他們直接炸山，碾碎礦石，把礦石堆成金字塔般高，然後從上面灑「氰化物溶液」。一連灑上數年後，氰化物溶液會漫漫滲入礦石層，最後將黃金從礦石中沖刷出來。

工人在礦山中開採黃金／達志影像提供

據統計，每一千多公斤的礦石才能提取一公克的黃金，難怪黃金價格不菲。

氰化物是一種有毒化學物質，一茶匙二%濃度的氰化物溶液就足以毒死一個人。從秘魯到菲律賓，不同地方的人開採黃金，使用的卻全是這種劇毒的化學物。

更可怕的是，黃金開採後的土地不僅一文不值，堆出來的礦山，還會因為氰化物污染而成為重達數十億磅的「毒氣彈」。

規模較小的金礦業者使用水銀來代替氰化物。但是這種過濾提取工作通常是在「密室」裡進行，水銀極易揮發，工人吸入這種有毒的氣體後，會造成腦部永久性傷害；而廢棄的水銀則會進入河底，毒害當地的食物鏈。

為了改變黃金開採造成的環境污染，有些金礦公司約定使用無毒化學物採金，挖出來的礦坑，還要回填回去並重新造林，也限制了廢棄物的排放，並且保證所得的利潤能夠提出一部分，幫助當地社區。

美的方式很多，值不值得用這麼高的代價去開採黃金？也許值得我們多想一想。

十　溼地

「老師？歐雄老師？」

高有用驚訝得下巴都快掉下來了：

「老師，你也來金沙湖？」

「金沙湖？什麼金沙湖？」歐雄老師粗聲粗氣的說：

「全班都到齊了，就剩你們兩個，快走吧！」

「那十八王公主呢？老師，她跟你長得好像喔。」超完美說。

「我？你是說有個公主長得像我，

天哪，那一定美呆了。」歐雄老師嘴角漾起一絲微笑。

超完美忍住笑：「嗯，如果她再減肥一百公斤的話，」她疑惑的看看四周，「但是，女王受傷了，公主帶著她，她們現在不知道在哪裡？」

和風吹散霧氣，陽光重新回到草地及他們的——滑翔翼上。

他們剛才明明掉進金沙湖，回到了過去，但是湖呢？廣闊的湖消失，這兒是片溼地。野薑花、月桃迎風搖曳，青蛙和蜻蜓飛舞。

微風輕吹，超完美瞇著眼，空氣中也沒有垃圾臭味：「好奇怪，難道我們回來了？」

「如果我們回來了，那垃圾坑呢？垃圾坑怎麼不見了？」高有用問，「我們本來要掉進龍眼乾的呀？」

「前幾年政府把垃圾清空，溪水回流，這兒已經復育成溼地，動植物都回來了！」歐雄老師吼著，「我上課都教過了呀，你們怎麼都不知道？」

「有嗎？」他們異口同聲的問。

「上車啦！」歐雄老師吼著，「全班都在等你們耶。」

見到那輛藍色校車，他們終於相信自己回到現代。

車子沿著彎彎曲曲的小路前進，溼地上的植物種類繁多，水鳥在水上飛翔。

「難道是那場霧改變了一切？花馬貨郎幫沒有開採黃金？」高有用低聲的說，「但是也不對呀，老師說後來這裡還是有人來開採黃金，挖出一堆坑洞，這到底是怎麼回事，你說。」他問超完美。

超完美正專心的望著那塊石片。

沁涼的石片，打磨得很光滑，三個霧的圖案像是三團謎霧。

她站起來朝著夕陽大喊：「熊徒弟，你在哪兒呀？」

夕陽不會說話，倒是一陣花香襲人。

「哎呀，真是可惜呀，高有用。」

高有用站起來，迎著晚風問：「什麼？」

「如果公主有來，那就太棒了。」

「不！那就慘了！」他大叫。

菱角田屬於人造溼地，美麗的水雉優游其間／黃明康 攝

來去溼地，褲子別弄溼

溼地與人類生活息息相關，我們的主食——米飯、香甜的茭白筍、調味用的食鹽、活跳跳的生猛海鮮，都來自溼地。

常見的溼地，可以分成自然溼地與人工溼地。

自然溼地，依水體種類不同，又可以分成：

一、**鹹水溼地**：指沒有淡水注入的

溼地，像是海邊礁岩潮間帶等。潮間帶因為受到潮汐漲退的影響，這裡的生物能配合潮汐起落，適應高鹽度的環境，部分的生物還可忍受長期乾燥，度過退潮時的無水環境。

二、**淡水溼地**：淡水溼地大多是內陸型的溼地，像是高山湖泊、溪流等等，它們承接了雨水、生活污水等。天然的淡水溼地，是許多原生水生植物的孕育地，如：七星山夢幻湖的台灣水韭。但是淡水溼地也極易因為人類開發，造成掩埋、污染的破壞。

三、**半鹹淡水溼地**：半鹹淡水溼地多半在溪流出海口，最有名的像是台北關渡、大肚溪河口。這種溼地的生產力豐富，常吸引許多鳥類的棲息與駐足，是一般觀賞水鳥的最佳地點。而人造溼地，並非只限於常見的廢水處理型人工溼地，與我們生活息息相關的水田（水稻田、芋田、茭白筍田、菱角田等）、漁塭、排水溝渠、人工湖泊（水庫），以及早期為了農耕所挖掘的儲水埤塘，都屬於人造溼地。

溼地的生產力高，可調節氣候，涵養水源，淨化水質，還有豐富的自然生態，上網查查離你最近的溼地，去走走吧！

絕對可能任務——

親愛的小朋友，讀完這本書，

是不是覺得歐雄老師的戶外教學課很好玩呢？

想參加嗎？

先通過歐雄老師的闖關任務吧！

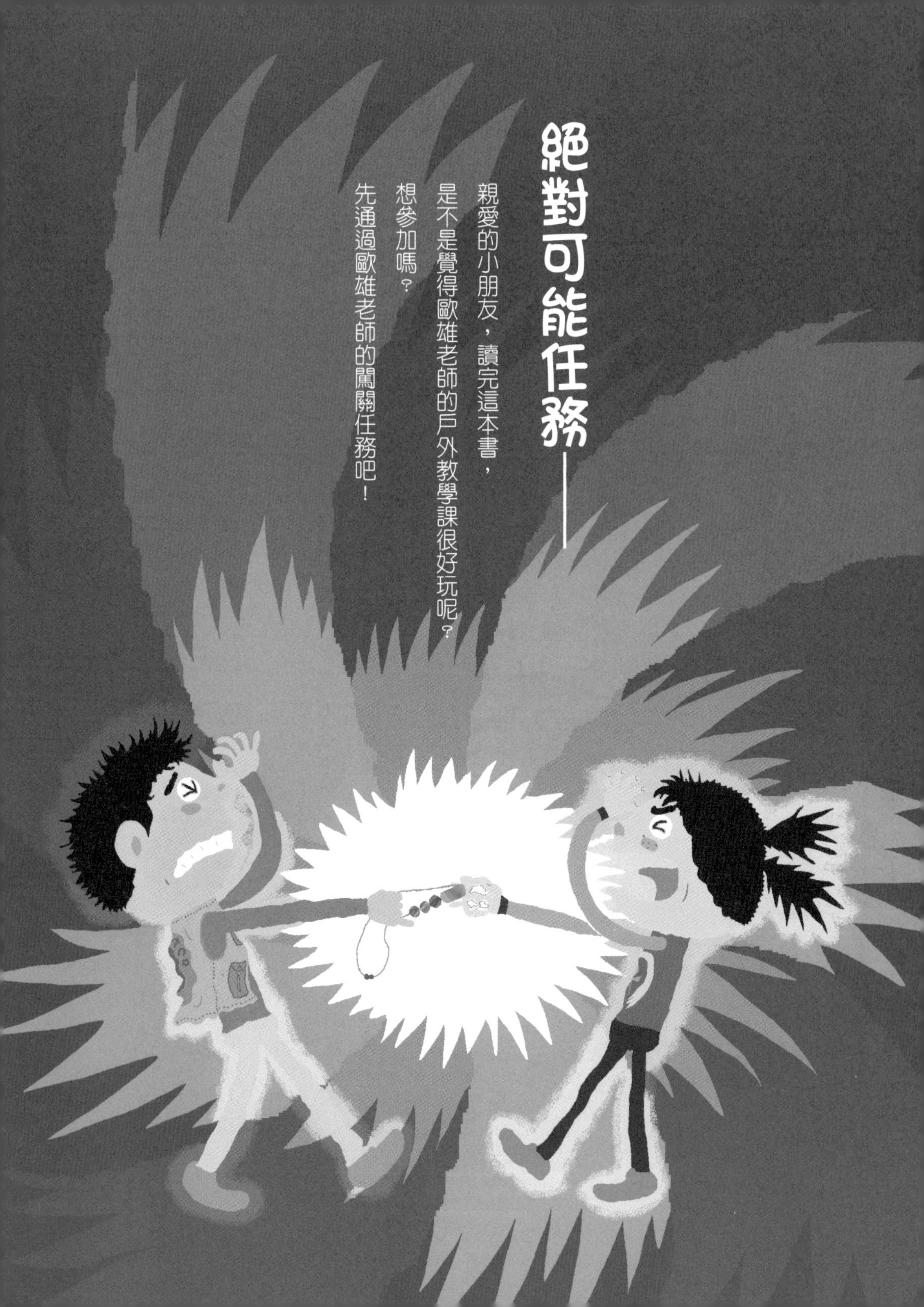

任務1 迷幻金沙湖

美麗的金沙湖，水清花香，湖面如鏡，讓人難忘。湖邊的少女們在做陶，湖面上有人在划船，青山綠水讓人嚮往。但是，且慢，超完美發現不對勁，這湖的倒影怎麼怪怪的，細心的你，能找出那5個怪異的地方嗎？

任務2 十八王公主的祕密

十八王公主親自做了一個美麗的陶盤，她在陶盤上刻了一幅畫，想送給高有用。不巧的是，陶盤燒製時，溫度沒有控制好，開窯時一看，竟然裂成好幾片。但是，高有用只看了一眼，他就明白大事不妙，嚇得他拔腿就跑，嘴裡喊著：「不要，不要，不要，人家不要！」

聰明的你，能不能看出，這個陶盤上，到底刻了什麼？

任務3 愛地球迷宮

地球暖化日趨嚴重，節約資源當然不是口號，這兒有個愛地球的迷宮，試試看你能不能走出來！

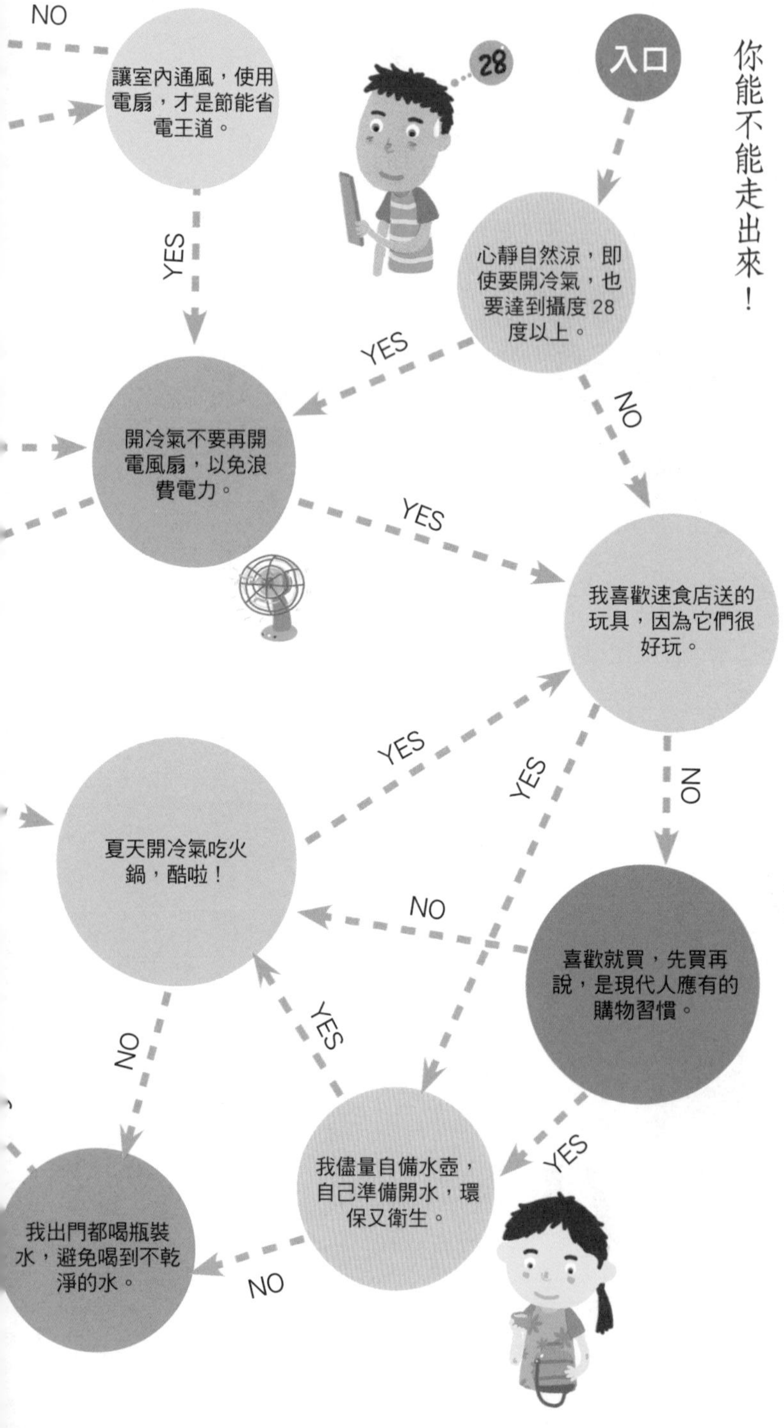
入口
28
心靜自然涼，即使要開冷氣，也要達到攝度 28 度以上。
讓室內通風，使用電扇，才是節能省電王道。
開冷氣不要再開電風扇，以免浪費電力。
我喜歡速食店送的玩具，因為它們很好玩。
夏天開冷氣吃火鍋，酷啦！
喜歡就買，先買再說，是現代人應有的購物習慣。
我儘量自備水壺，自己準備開水，環保又衛生。
我出門都喝瓶裝水，避免喝到不乾淨的水。
YES
NO

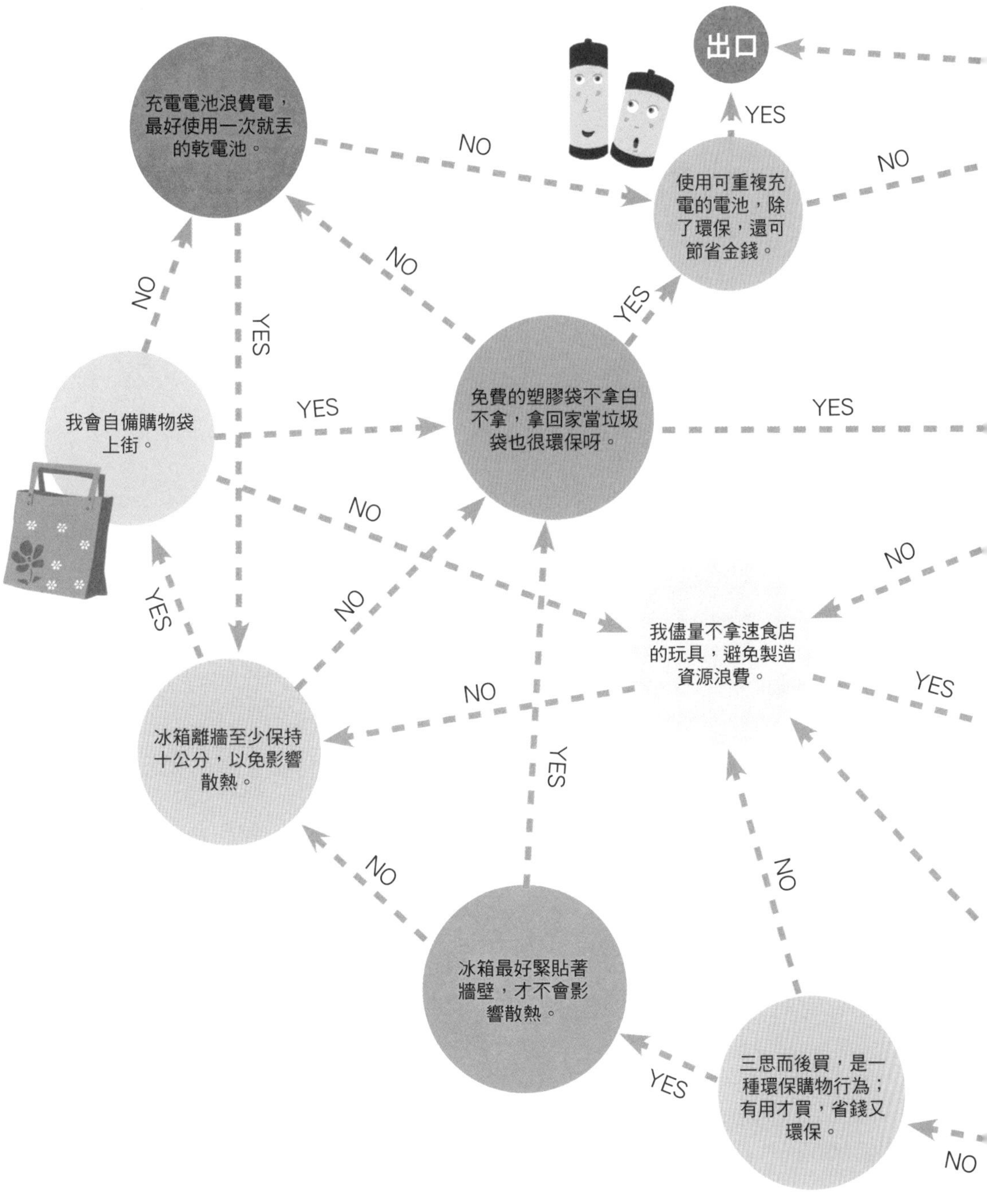
出口
YES
充電電池浪費電，最好使用一次就丟的乾電池。
NO
使用可重複充電的電池，除了環保，還可節省金錢。
NO
NO
YES
NO
YES
我會自備購物袋上街。
YES
免費的塑膠袋不拿白不拿，拿回家當垃圾袋也很環保呀。
YES
NO
NO
YES
NO
我儘量不拿速食店的玩具，避免製造資源浪費。
YES
NO
冰箱離牆至少保持十公分，以免影響散熱。
YES
NO
NO
冰箱最好緊貼著牆壁，才不會影響散熱。
YES
三思而後買，是一種環保購物行為；有用才買，省錢又環保。
NO

任務4 金沙湖綠化比賽

美麗的金沙湖，需要你我的共同維護，才能讓青山綠水永遠存在，為了讓金沙湖變成更美好的家園，我們特別舉辦一個金沙湖綠化比賽。

只要你是金沙湖的居民，在十月分裡隨時都可以向官大娘免費領取月桃、野薑花等水生植物，綠化自己家面湖的庭園。

這回的評審，將由可能小學的歐雄老師當評審長，在十一月一日當天，帶領二十位可能小學的孩子，乘著船，擔任評審。

評分的方式分為：植物美感、嗅覺味感與最佳創意三部分。

我們將會選出前三名，分別給予金沙湖女王純金雕像一座、純銀雕像一座以及銅質雕像一座。

為了我們的家園，請發揮創意，號召家人一起動手吧！

仔細閱讀比賽辦法後，請回答下列問題。

1 金沙湖辦理綠化比賽的目的是什麼？

a. 讓大家關心地球暖化，知道氣候變遷。

b. 推銷金沙湖的美，吸引更多遊客來旅行。

c. 讓大家更注意環境，更愛自己的家鄉。

d. 行銷金沙湖的砂金，擴大砂金的銷售量。

2 下列哪一種植物，不適合參加這回的綠化比賽？

a. 月桃

b. 睡蓮

c. 荷花

d. 仙人掌

3 如果你要參加這項比賽，你必須注意到哪些事？

a. 要在自己家面湖的庭園裡種水生植物。

b. 嗅覺味感很重要，加一點香精油，會讓園區更香。

c. 比賽不是一個人的工作，我要請全家人都來幫忙，發揮團體的力量。

d. 比賽的植物，要向官大娘購買，像是月桃、野薑花。

任務5 我的祕密花園

快快快，讀完了【可能小學的愛地球任務】第三集，對於自然又美麗的金沙湖是不是很羨慕？其實，我們如果肯流一點汗，花一點巧思，我們住家附近，其實也可以變得這麼優美，這麼讓人驕傲喔！

方法是，在社區或學校觀察，什麼地方是沒人管理的空地、花圃、小公園。問問管理人員，或是請教長輩，如果你志願美化這個小地方，可不可以？

獲得允許後，找幾個朋友一起動手，種點植物，時常去照顧它，不久之後，那就是你的祕密花園——而且，是會讓你很驕傲的花園喔！

動手，那就對了。幫地球減少一點醜，幫社區增加一點美，即使是你家的陽台也可以呢！

最後，請把你的行動寫下來、畫下來，或是用相機照下來，然後，和你的同學朋友比一比，誰的祕密花園最美，最有創意，為地球盡最多心力。

解答

任務1・迷幻金沙湖

答案：

任務2・十八王公主的秘密

答案：陶盤上的圖案是公主親吻高有用，高有用當然不要囉！

任務3・愛地球迷宮

答案：

・充電電池浪費電，最好使用一次就丟的乾電池。↓錯。要使用充電電池才環保。

・使用可重複充電的電池，除了環保，還可節省金錢。↓對。

・我會自備購物袋上街。↓對。

・免費的塑膠袋不拿白不拿，拿回家當垃圾袋也很環保呀。↓錯！會造成資源浪費。

・開冷氣不要再開電風扇，以免浪費電力。↓不對喔，電風扇可以加速房間溫速度下降。

・讓室內通風，使用電扇，才是節能省電王道。↓對。

・我喜歡速食店送的玩具，因為它們很好玩。↓不大好，因為會製造很多塑膠垃圾。

・我儘量不拿速食店的玩具，避免製造資源浪費。↓對。

・夏天開冷氣吃火鍋，酷啦！↓但是會浪費能源。

・心靜自然涼，即使要開冷氣，也要達到攝度28度以上。↓對。

・冰箱最好緊貼著牆壁，才不會影響散熱。↓不對喔，這樣你家冰箱會很耗能。

・冰箱離牆至少保持十公分，以免影響散熱。↓對。

・三思而後買，是一種環保購物行為；有用才買，省錢又環保。↓對。

・喜歡就買，先買再說，是現代人應有的購物習慣。↓不好喔，這樣是很浪費很不環保的行為。

・我出門都喝瓶裝水，避免喝到不乾淨的水。↓不大好，一人一瓶瓶裝水，會製造很多塑膠垃圾。

・我儘量自備水壺，自己準備開水，環保又衛生。↓對。

任務4・金沙湖綠化比賽

答案：

1. c
2. d
3. a、c

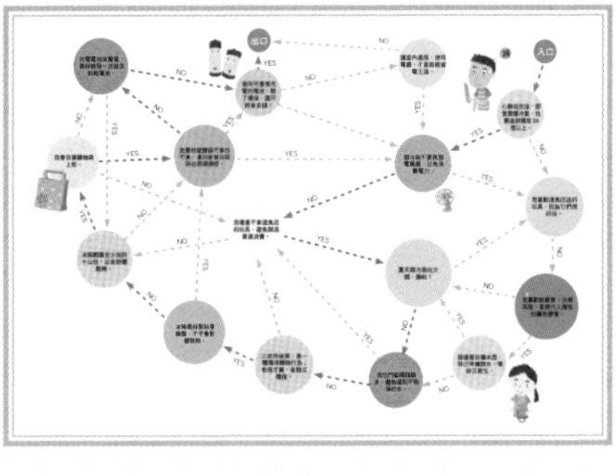

作者的話

海上有仙山？

好久好久以前，秦始皇滅了六國，統一天下，人間的權勢，他已牢牢掌握，於是，他夢想長生不老，派出徐福，領著數百名童男童女出訪海外仙山。

當時的人們相信，海上有三座仙山，山上住著神仙。

徐福在海上航行一段時間，從黃海、東海找到南海，就是找不到仙山。

徐福不敢回國，最後聽說留在日本，成了日本人的祖先。

世界上，到底有沒有仙山？

幾千年來，仙山無緣讓人一見。

直到十二年前，一個想抄捷徑的美國船長，駕著船，來到赤道邊的無風帶。

太陽很大，沒有一絲微風，一座五彩繽紛的島，悄然無聲的出現。

這就是那座仙島了嗎？

船員張大了眼，屏住呼吸。

島愈來愈近，景象愈來愈詭異。

彩色的島上，見不到一棵樹、一株草，聽不見鳥鳴，更怪的是這座島並不高，簡直像貼在海面上，船根本來不及轉，就這麼撞上了彩色的島。

船員們緊張的抱著船桅，正想大叫撞船了，但是……沒有，沒有撞擊聲，陸地自動分開，像是一團彩色粉圓冰，緊緊包圍著他們，船緩緩駛進去，像是一把刀，輕輕劃開了水面。

喔，天哪，他們終於看清楚了，那座島，其實是數不清的瓶蓋、包裝袋、充氣排球所組成，漂浮在船的四周，哪是神仙島？根本就是個巨大的垃圾島。

猜猜這艘船花了多少時間，才從這片海域突圍而出？

一小時？

兩小時？

一天？

七天！

他們整整花了七天，才駛出這片五彩垃圾山。

他們初步估算，那片海域至少有三百萬噸的塑膠垃圾，讓人沮喪的是：這個最新長出來的垃圾山，位在太平洋最人跡罕至的地方，想要清理它，比登陸月球還難。

這裡的垃圾來自世界各國，美國的球鞋、中國的塑膠玩具，日本的生鮮食品包裝盒，甚至墨西哥的塑膠袋……

科學家發現：這些垃圾搭著洋流流到這裡的時間，短則十個月，長則三五年，它們在海上被潮浪沖刷，最後都成了細小的碎片顆粒……

目前，這個「垃圾仙島」還在生長狀態，目前還不是結實的陸地，而且它增長的速度驚人，在你看到這篇後記的時候，它的面積又增長了一倍，已蔓延到一百四十萬平方公里，聚集了七百萬噸的垃圾。

而這樣的海上垃圾仙山，又有幾座被人發現……

人目前還沒找到長生不老的藥物，卻已經先製造出「長生不滅」的塑料垃圾。

怎麼辦？

這就是現在我們要面對的問題，不光是垃圾……

據調查：全球每分鐘消失三十六個足球場大的森林。

全球海平面平均每年上升二至三公分，沒幾年後，一個叫做吐瓦魯的國家，將率先被海水淹沒。

在過去的五百年間，物種消亡的速度是每年一百種。而珊瑚礁每年以百分之一的速度在消失，世界上的珊瑚礁已有百分之二十七消失……人愈來愈多，破壞地球的速度愈來愈快，我們現在每一個不經意的活動，都可能是製造地球環境災難的推手之一。

像是你多買一雙球鞋，多要一個隨餐附贈的玩具，多搭一次電梯……注意了沒有，多……只要一個「多」字，地球資源就「多」浪費一點。

故事能夠重來，就像主角能回到過去，拯救地球；現實生活卻很難，破壞很簡單，再造卻要花上更多力氣更多時間，結果卻不盡然讓人滿意。

當暴雨來襲成為頻繁的現象，當地球暖化愈來愈嚴重的現在，我們應該更謙卑，對地球節省一點消費，對自已要求再嚴苛一點，我們現在破壞的大自然，都會在將來，向我們、向我們的後代，加倍的償還。

於是，有了這套書的構想，希望愛地球的任務，能因此落在我們每一個人的身上，地球加油，我們更該加油，才能有一個更可愛的地球。

推薦文

愛地球任務，出發！

台中市大元國小老師　蘇明進

如果，真有這樣的「可能小學」；如果，真有歐雄老師精采的戶外教學課，那麼我這個當老師的人，一定也要搶先第一個報名！

因為這些課程實在是太有趣了！聽說，在「可能小學」裡，自然教室裡會長出一座森林，學生可以白天在那裡上課、晚上在那裡露營；上到不同的季節時，森林會變化成池塘、或是沙漠；還有、還有，歐雄老師會用他那精神抖擻的熊爆發力，帶領著大家上山、下海、以及探訪世界有名的古蹟……

我可以想像書裡面提到「選課那天，門才打開，立刻被孩子秒殺結束」的景象，因為這是多麼充滿冒險性及新鮮感的課程！再沒有學習動機的孩子，也會馬上愛上「上學」這件事！

我個人相當喜愛這套【可能小學的愛地球任務】叢書。四本書，有四個不一樣的主題，都是在歐雄老師的戶外教學課中發生的故事。《大鼻子外星人之謎》，解開了外星人石雕的謎團；《海賊島大冒險》，則是與海盜一起在海上冒險；《金沙湖探險記》，敘述著淘金沙與原住民文化之間的衝擊；《拯救黑熊大作戰》，則是一項搶救台灣黑熊大作戰。這些故事，也分別闡述了生態保育、海洋保育、地質保育、動物保育……等環境議題。藉由幽默冒險的精采情節，提醒孩子們保護地球生態資源的重要性！

作者王文華以幽默、自然的文筆，將環境議題融入於故事之中，讓「愛地球任務」不再只是在書上喊口號，而是一種身體力行的體驗。書中還融入了大量科學新知的介紹，讓孩子們在閱讀之餘，還可以增長知識。最妙的就是書末，還附有許多好玩的闖關遊戲，讓孩子們在遊戲的過程中，再一次執行了愛地球的任務。

主修科學教育、又是一位國小老師的我，很開心天下雜誌童書一直努力經營著自然科學這區塊的出版事業。其他先進國家，都有極多針對兒童所設計的完整科學套書；反觀台灣，歸類於科普系列的出版品算是偏少，大多數都是國外翻譯書。但不容否認的，一個國家在科學教育推廣的用心程度，將是其未來國家競爭力的重要關鍵。

我們的孩子，可能不明白：為什麼古文化以及自然景觀的消失，跟他們有什麼關係？他們可能也不明白：這些消失的自然景觀以及古文化，究竟有多麼珍貴、失去它們有多麼可惜？

這就是孩子需要我們去教育他們的地方。我們必須讓他們從電玩的聲色刺激中解放出來；也必須教他們在沉重的學業壓力中，看到生命的價值。愛地球的任務，不只是口頭上喊喊而已，而是一種習慣、一種態度！

準備好了嗎？陪著孩子，讓我們一起來執行愛地球任務吧！

推薦文

帶孩子翱翔在可能的想像王國

荒野保護協會榮譽理事長　李偉文

我想每個老師或家長都能感受到，我們孩子所成長、面對的時代已經與我們小時候完全不一樣，在日新月異的變化中，孩子必須學習的知識與技能的確非常多，但是另一方面我們也知道，強加灌輸背誦的知識是沒有用的，那麼，該怎麼辦呢？

三百年前伽利略就這麼提醒我們：「你不能教人什麼，你只能幫他們去發現。」的確，在浩瀚無邊的訊息大海中，沒有所謂必修的科目或必讀的書。尋求知識，應該像是去發現一個新大陸，是一趟心靈的探險，這種追尋，是非常令人興奮與快樂的，就像是哈利波特厚厚七、八百頁純文字的書，連小學二、三年級的孩子也能廢寢忘食的閱讀一樣，只要這個故事能引起他們的好奇。

要說出精采的長篇故事並不太容易，尤其要在充滿想像力與創意的故事中，自然而然的帶出知識的深度那更是不容易。因此，這套【可能小學的愛地球任務】系列故事的出現，就非常難能可貴了。

書中透過個性行為平凡如我們身邊每一個孩子的男女主角，上天下海，縱橫古今中外，在一所什麼都可能發生的學校裏，回到過去，追尋知識產生的源頭。

總覺得好奇心是一切學習的原動力，我們是先有了好奇才會有所謂探索，然後在探索中遇到了疑惑或困難，這時候就需要知識的幫忙，有了知識之後，除了有能力應付挑戰之外，也可能會引發更多的好奇與探索。

這個精采的系列故事，就符合這樣的學習歷程，一步一步帶領孩子進入充滿想像的世界。

推薦文

創造自己的「野」可能

中興大學生命科學系副教授　吳聲海

二十多年前，我在美國念書時，看到當地市立圖書館的一張宣傳海報，那是我見過最有意思的一張海報。海報的文字寫著「你的公共圖書館——野東西在此（Where the wild things are.）」。

書，就是充滿了「野東西」，這裡指的「野」，不是無法無天、荒誕、放蕩的身體之野，而是讓人天馬行空、欲罷不能、無以言喻的心靈之野。看書的目的就是要讓心變野，讓腦子裡的神經去嘗試不曾有過的連結方式。一種米養百樣人，如果一本書能讓百人心中呈現百種想像，在讀了兩本書後，這一百個人心中就可能呈現千萬種畫面。

【可能小學的愛地球任務】這套書中，敘述的可能小學師生戶外教學的過程和內容，實在讓人羨慕。他們的經歷充滿了冒險的野趣，也到處碰到「野東西」。從高山到海底，從溼地到森林，可能小學的學生，不但認識了自然，實際進入以前只能在書上讀到的場景，也思考出對周遭一切的關懷。

期待所有讀了可能小學上課實錄的大人小孩，可以讓自己多野一點。或許有一天，你也會發現——什麼都是可能的！

可能小學的愛地球任務 3

金沙湖探險記

作　　者｜王文華
封面及內文插圖｜賴馬
附錄插圖｜孫基榮

責任編輯｜蔡珮瑤
封面 ‧ 版型設計｜蕭雅慧
行銷企劃｜林育菁

發行人｜殷允芃
創辦人兼執行長｜何琦瑜
總經理｜王玉鳳
總監｜張文婷
副總監｜林欣靜
版權專員｜何晨瑋

出版者｜親子天下股份有限公司
地址｜台北市 104 建國北路一段 96 號 11 樓
電話｜（02）2509-2800　傳真｜（02）2509-2462
網址｜ www.parenting.com.tw
讀者服務專線｜（02）2662-0332　週一～週五：09:00~17:30
讀者服務傳真｜（02）2662-6048
客服信箱｜ bill@service.cw.com.tw
法律顧問｜瀛睿兩岸暨創新顧問公司
總經銷｜大和圖書有限公司　電話（02）8990-2588

出版日期｜ 2010 年 3 月第一版第一次印行
2019 年 5 月第一版第十五次印行
定　　價｜ 250 元
書　　號｜ BCKCE007P
ISBN ｜ 978-986-241-122-3

訂購服務
親子天下 Shopping ｜ shopping.parenting.com.tw
海外 · 大量訂購｜ parenting@service.cw.com.tw
書香花園｜台北市建國北路二段 6 巷 11 號 電話（02）2506-1635
劃撥帳號｜ 50331356 親子天下股份有限公司

國家圖書館出版品預行編目資料

金沙湖探險記／王文華 文；賴馬 圖
-- 第一版 . -- 臺北市 : 天下雜誌 , 2010.03
132 面；17×22 公分 . --（可能小學愛地球任務；3）
（讀本；E007）

ISBN 978-986-241-122-3（平裝）

859.6　　　99003034